윤동주 시집

윤동주 시집

윤동주 지음

차례

1. 자화상

2. 별 헤는 밤

3. 오줌싸개 지도

4. 달을 쏘다

1

자화상

Yun Dong–ju

우물 속에는 달이 밝고

구름이 흐르고 하늘이 펼치고

파아란 바람이 불고

가을이 있고

추억처럼 사나이가 있습니다.

새로운 길

내를 건너서 숲으로
고개를 넘어서 마을로

어제도 가고 오늘도 갈
나의 길 새로운 길

민들레가 피고 까치가 날고
아가씨가 지나고 바람이 일고

나의 길은 언제나 새로운 길
오늘도…… 내일도……

내를 건너서 숲으로
고개를 넘어서 마을로

자화상

산모퉁이를 돌아 논가 외딴 우물을 홀로 찾아가선
가만히 들여다봅니다.

우물 속에는 달이 밝고 구름이 흐르고 하늘이 펼치고
파아란 바람이 불고 가을이 있습니다.

그리고 한 사나이가 있습니다.
어쩐지 그 사나이가 미워져 돌아갑니다.

돌아가다 생각하니 그 사나이가 가엾어집니다.
도로 가 들여다보니 사나이는 그대로 있습니다.

다시 그 사나이가 미워져 돌아갑니다.
돌아가다 생각하니 그 사나이가 그리워집니다.

우물 속에는 달이 밝고 구름이 흐르고 하늘이 펼치고
파아란 바람이 불고 가을이 있고 추억처럼 사나이가
있습니다.

간판 없는 거리

정거장 플랫폼에
나렸을 때 아무도 없어

다들 손님들뿐
손님 같은 사람들뿐

집집마다 간판이 없어
집 찾을 근심이 없어

빨갛게
파랗게
불 붙는 문자文字도 없이

모퉁이마다
자애로운 헌 와사등瓦斯燈에
불을 혀놓고

손목을 잡으면
다들 어진사람들
다들 어진사람들

봄, 여름, 가을, 겨울
순서로 돌아들고.

돌아와 보는 밤

세상으로부터 돌아오듯이 이제 내 좁은 방에 돌아와 불을 끄옵니다. 불을 켜두는 것은 너무나 피로롭은 일이옵니다. 그것은 낮의 연장이옵기에 ─

이제 창을 열어 공기를 바꾸어 들여야 할 텐데 밖을 가만히 내다보아야 방안과 같이 어두워 꼭 세상 같은데 비를 맞고 오든 길이 그대로 빗속에 젖어 있사옵니다.

하루의 울분을 씻을 바 없어 가만히 눈을 감으면 마음속으로 흐르는 소리, 이제 사상이 능금처럼 저절로 익어 가옵니다.

병원

살구나무 그늘로 얼굴을 가리고 병원 뒤뜰에 누워, 젊은 여자가 흰옷 아래로 하얀 다리를 드러내 놓고 일광욕을 한다. 한나절이 기울도록 가슴을 앓는다는 이 여자를 찾아오는 이, 나비 한 마리도 없다. 슬프지도 않은 살구나무 가지에는 바람도 없다.

나도 모를 아픔을 오래 참다 처음으로 이곳에 찾아왔다. 그러나 나의 늙은 의사는 젊은이의 병을 모른다. 나한테는 병이 없다고 한다. 이 지나친 시련, 이 지나친 피로, 나는 성내서는 안 된다.

여자는 자리에서 일어나 옷깃을 여미고 화단에서 금잔화 한 포기를 따 가슴에 꽂고 병실 안으로 사라진다. 나는 그 여자의 건강이—아니 내 건강도 속히 회복되기를 바라며 그가 누웠든 자리에 누워 본다.

새벽이 올 때까지

다들 죽어가는 사람들에게
검은 옷을 입히시오.

다들 살아가는 사람들에게
흰 옷을 입히시오.

그리고 한 침대에
가즈런히 잠을 재우시오

다들 울거들랑
젖을 먹이시오

이제 새벽이 오면
나팔소리 들려 올 게외다.

무서운 시간

거 나를 부르는 것이 누구요

가랑잎 이파리 푸르러 나오는 그늘인데
나 아직 여기 호흡이 남아 있소.

한 번도 손 들어 보지 못한 나를
손 들어 표할 하늘도 없는 나를
어디에 내 한 몸 둘 하늘이 있어
나를 부르는 것이오.

일을 마치고 내 죽는 날 아침에는
서럽지도 않은 가랑잎이 떨어질 텐데……

나를 부르지 마오.

십자가

쫓아오든 햇빛인데
지금 교회당 꼭대기
십자가에 걸리었습니다.

첨탑尖塔이 저렇게도 높은데
어떻게 올라갈 수 있을까요.

종소리도 들려 오지 않는데
휘파람이나 불며 서성거리다가

괴로웠던 사나이
행복한 예수 그리스도에게처럼
십자가가 허락된다면

모가지를 드리우고
꽃처럼 피어나는 피를
어두워 가는 하늘 밑에
조용히 흘리겠습니다.

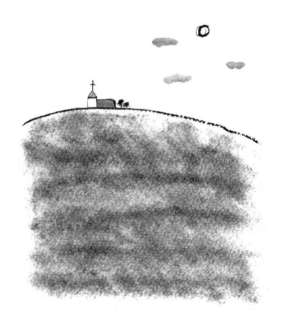

바람이 불어

바람이 어디로부터 불어 와
어디로 불려 가는 것일까

바람이 부는데
내 괴로움에는 이유가 없다.

내 괴로움에는 이유가 없을까

단 한 여자를 사랑한 일도 없다.
시대를 슬퍼한 일도 없다.

바람이 자꼬 부는데
내 발이 반석 우에 섰다.

강물이 자꼬 흐르는데
내 발이 언덕 우에 섰다.

슬픈 족속

흰 수건이 검은 머리를 두르고
흰 고무신이 거친 발에 걸리우다.

흰 저고리 치마가 슬픈 몸집을 가리고
흰 띠가 가는 허리를 질끈 동이다.

또 다른 고향

고향에 돌아온 날 밤에
내 백골白骨이 따라와 한방에 누웠다.

어둔 방은 우주로 통하고
하늘에선가 소리처럼 바람이 불어 온다.

어둠 속에 곱게 풍화작용風化作用하는
백골을 들여다보며
눈물짓는 것이 내가 우는 것이냐
백골이 우는 것이냐
아름다운 혼이 우는 것이냐

지조 높은 개는
밤을 새워 어둠을 짖는다.
어둠을 짖는 개는
나를 쫓는 것일 게다.

가자 가자
쫓기우는 사람처럼 가자
백골 몰래
아름다운 또 다른 고향에 가자.

길

잃어버렸습니다.
무얼 어디다 잃었는지 몰라
두 손이 주머니를 더듬어
길에 나아갑니다.

돌과 돌과 돌이 끝없이 연달아
길은 돌담을 끼고 갑니다.

담은 쇠문을 굳게 닫아
길 우에 긴 그림자를 드리우고

길은 아침에서 저녁으로
저녁에서 아침으로 통했습니다.

돌담을 더듬어 눈물짓다
쳐다보면 하늘은 부끄럽게 푸릅니다.

풀 한 포기 없는 이 길을 걷는 것은
담 저쪽에 내가 남아 있는 까닭이고

내가 사는 것은 다만
잃은 것을 찾는 까닭입니다.

흰 그림자

황혼이 짙어지는 길모금에서
하로종일 시들은 귀를 가만히 기울이면
땅검의 옮겨지는 발자취소리

발자취소리를 들을 수 있도록
나는 총명했든가요.

이제 어리석게도 모든 것을 깨달은 다음
오래 마음 깊은 속에
괴로워하든 수많은 나를
하나, 둘 제 고장으로 돌려보내면
거리모퉁이 어둠 속으로
소리없이 사라지는 흰 그림자

흰 그림자들
연연히 사랑하든 흰 그림자들

내 모든 것을 돌려보낸 뒤
허전히 뒷골목을 돌아
황혼처럼 물드는 내 방으로 돌아오면

신념이 깊은 의젓한 양처럼
하로종일 시름없이 풀포기나 뜯자.

쉽게 씌어진 시

창 밖에 밤비가 속살거려
육첩방六疊房은 남의 나라

시인이란 슬픈 천명天命인 줄 알면서도
한 줄 시를 적어 볼까

땀내와 사랑내 포근히 품긴
보내 주신 학비 봉투를 받아

대학노트를 끼고
늙은 교수의 강의 들으러 간다.

생각해 보면 어린 때 동무를
하나, 둘, 죄다 잃어버리고

나는 무얼 바라
나는 다만, 홀로 침전沈澱하는 것일까?

인생은 살기 어렵다는데
시가 이렇게 쉽게 씌어지는 것은
부끄러운 일이다.

육첩방은 남의 나라
창 밖에 밤비가 속살거리는데

등불을 밝혀 어둠을 조곰 내몰고
시대처럼 올 아침을 기다리는 최후의 나

나는 나에게 작은 손을 내밀어
눈물과 위안으로 잡는 최초의 악수.

참회록

파란 녹이 낀 구리거울 속에
내 얼골이 남아 있는 것은
어느 왕조王朝의 유물이기에
이다지도 욕될까

나는 나의 참회懺悔의 글을 한줄에 줄이자
— 만 24년 1개월을
무슨 기쁨을 바라 살아 왔든가

내일이나 모레나 그 어느 즐거운 날에
나는 또 한줄의 참회록을 써야 한다.
— 그때 그 젊은 나이에
왜 그런 부끄런 고백을 했든가

밤이면 밤마다 나의 거울을
손바닥으로 발바닥으로 닦아 보자.

그러면 어느 운석隕石 밑으로 홀로 걸어가는
슬픈 사람의 뒷모양이
거울 속에 나타나온다.

간肝

바닷가 햇빛 바른 바위 우에
습한 간肝을 펴서 말리우자

코카사쓰 산중에서 도망해 온 토끼처럼
둘러리를 빙빙 돌며 간을 지키자

내가 오래 기르든 여윈 독수리야!
와서 뜯어 먹어라 시름없이

너는 살지고
나는 여위어야지, 그러나

거북이야!
다시는 용궁의 유혹에 안 떨어진다.

프로메테우스, 불쌍한 프로메테우스
불 도적한 죄로 목에 맷돌을 달고
끝없이 침전하는 프로메테우스.

위로

　거미란 놈이 흉한 심보로 병원 뒤뜰 난간과 꽃밭 사이 사람 발이 잘 닿지 않는 곳에 그물을 쳐 놓았다. 옥외 요양을 받는 젊은 사나이가 누워서 치어다보기 바르게—

　나비가 한 마리 꽃밭에 날아들다 그물에 걸리었다. 노—란 날개를 파득거려도 파득거려도 나비는 자꼬 감기우기만 한다. 거미가 쏜살같이 가더니 끝없는 끝없는 실을 뽑아 나비의 온몸을 감아 버린다. 사나이는 긴 한숨을 쉬었다.

　나이보담 무수한 고생 끝에 때를 잃고 병을 얻은 이 사나이를 위로할 말이—거미줄을 헝클어 버리는 것밖에 위로의 말이 없었다.

팔복八福

슬퍼하는 자는 복이 있나니
슬퍼하는 자는 복이 있나니
슬퍼하는 자는 복이 있나니
슬퍼하는 자는 복이 있나니
슬퍼하는 자는 복이 있나니
슬퍼하는 자는 복이 있나니
슬퍼하는 자는 복이 있나니
슬퍼하는 자는 복이 있나니

저희가 영원히 슬플 것이오.

아우의 인상화

붉은 이마에 싸늘한 달이 서리어
아우의 얼골은 슬픈 그림이다.

발걸음을 멈추어
살그머니 앳된 손을 잡으며
'늬는 자라 무엇이 되려니'
'사람이 되지'
아우의 설은, 진정코 설은 대답이다.

슬며시 잡았든 손을 놓고
아우의 얼골을 다시 들여다본다.

싸늘한 달이 붉은 이마에 젖어
아우의 얼골은 슬픈 그림이다.

유언

후어―ㄴ한 방에
유언은 소리 없는 입놀림.

바다에 진주 캐러 갔다는 아들
해녀와 사랑을 속삭인다는 맏아들
이밤에사 돌아오나 내다봐라―

평생 외롭든 아버지의 운명殞命
감기우는 눈에 슬픔이 어린다.

외딴집에 개가 짖고
휘양찬 달이 문살에 흐르는 밤.

한란계

싸늘한 대리석 기둥에 목아지를 비틀어맨
한란계寒暖計
문득 들여다볼 수 있는 운명運命한 5척尺
6촌寸의 허리 가는 수은주
마음은 유리관보다 맑소이다.

혈관이 단조로워 신경질인 여론동물輿論動物
가끔 분수 같은 냉冷 침을 억지로 삼키기에
정력을 낭비합니다.

영하로 손구락질할 수돌네 방처럼 치운 겨울보다
해바라기 만발한 8월 교정이 이상 곺소이다.
피끓는 그날이―

어제는 막 소낙비가 퍼붓더니 오늘은 좋은 날세
올시다.

동저고리 바람에 언덕으로, 숲으로 하시구료 —
이렇게 가만가만 혼자서 귓속이야기를 하였습니다.
나는 또 내가 모르는 사이에 —

나는 아마도 진실한 세기의 계절을 따라 —
하늘만 보이는 울타리 안을 뛰쳐
역사 같은 포지션을 지켜야 봅니다.

창

쉬는 시간마다
나는 창녘으로 갑니다.

―창은 산 가르침.

이글이글 불을 피워 주오
이 방에 찬 것이 서럽니다.

단풍잎 하나
맴도나 보니
아마도 자그마한 선풍旋風이 인 게외다.

그래도 싸느란 유리창에
햇살이 쨍쨍한 무렵
상학종上學鐘이 울어만 싶습니다.

이런 날

사이좋은 정문의 두 돌기둥 끝에서
오색기와 태양기가 춤을 추는 날
금을 그은 지역의 아이들이 즐거워하다.

아이들에게 하로의 건조한 학과學課로
해말간 권태倦怠가 깃들고
'모순矛盾' 두 자를 이해치 못하도록
머리가 단순하였구나.

이런 날에는
잃어버린 완고하던 형을
부르고 싶다.

양지쪽

저쪽으로 황토 실은 이 땅 봄바람이
호인胡人의 물레바퀴처럼 돌아 지나고

아롱진 4월 태양의 손길이
벽을 등진 섧은 가슴마다 올올이 만진다.

지도째기 놀음에 뉘 땅인 줄 모르는 애 둘이
한 뼘 손가락이 짧음을 한함이여.

아서라! 가뜩이나 엷은 평화가
깨어질까 근심스럽다.

눈 감고 간다

태양을 사모하는 아이들아
별을 사랑하는 아이들아

밤이 어두웠는데
눈 감고 가거라.

가진바 씨앗을
뿌리면서 가거라.

발뿌리에 돌이 채이거든
감었든 눈을 와짝 떠라.

종달새

종달새는 이른 봄날
질디진 거리의 뒷골목이
싫더라.
명랑한 봄 하늘
가벼운 두 나래를 펴서
요염한 봄노래가
좋더라
그러나
오늘도 구멍 뚫린 구두를 끌고
홀렁홀렁 뒷거리길로
고기 새끼 같은 나는 헤매나니
나래와 노래가 없음인가
가슴이 답답하구나.

가슴 1

소리 없는 북
답답하면 주먹으로
뚜다려 보오.

그래 봐도
후—
가아는 한숨보다 못하오.

가슴 2

불 꺼진 화덕을
안고 도는 겨울밤은 깊었다.

재[灰]만 남은 가슴이
문풍지 소리에 떤다.

삶과 죽음

삶은 오늘도 죽음의 서곡을 노래하였다.
이 노래가 언제나 끝나랴

세상 사람은—
뼈를 녹여내는 듯한 삶의 노래에
춤을 춘다.
사람들은 해가 넘어가기 전
이 노래 끝의 공포를
생각할 사이가 없었다.

하늘 복판에 알 새기듯이
이 노래를 부른 자가 누구뇨

그리고 소낙비 그친 뒤같이도
이 노래를 그친 자가 누구뇨

죽고 뼈만 남은
죽음의 승리자 위인들!

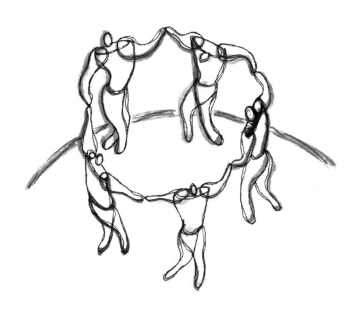

비애

호젓한 세기世紀의 달을 따라
알 듯 모를 듯한 데로 거닐고저!

아닌밤중에 튀기듯이
잠자리를 뛰쳐
끝없는 광야를 홀로 거니는
사람의 심사는 외로우려니

아―이 젊은이는
피라밋처럼 슬프구나

장미 병들어

장미 병들어
옮겨 놓을 이웃이 없도다.

달랑달랑 외로이
황마차幌馬車 태워 산에 보낼거나

뚜―구슬피
화륜선火輪船 태워 대양大洋에 보낼거나

프로펠러 소리 요란히
비행기 태워 성충권成層圈에 보낼거나

이것 저것
다 그만두고
자라가는 아들이 꿈을 깨기 전
이내 가슴에 묻어다오.

트루게네프의 언덕

나는 고개길을 넘고 있었다…… 그때 세 소년거지가 나를 지나쳤다.

첫째 아이는 잔등에 바구니를 둘러메고, 바구니 속에는 사이다병, 간즈메통, 쇳조각, 헌 양말짝 등 폐물이 가득하였다.

둘째 아이도 그러하였다.

셋째 아이도 그러하였다.

텁수룩한 머리털, 시커먼 얼굴에 눈물 고인 충혈된 눈, 색 잃어 푸르스름한 입술, 너들너들한 남루, 찢겨진 맨발

아아 얼마나 무서운 가난이 이 어린 소년들을 삼키었느냐!

나는 측은한 마음이 움직이었다.

나는 호주머니를 뒤지었다. 두툼한 지갑, 시계, 손수건…… 있을 것은 죄다 있었다.

그러나 무턱대고 이것들을 내줄 용기는 없었다. 손으로 만지작만지작거릴 뿐이었다.

다정스레 이야기나 하리라 하고 '애들아' 불러 보았다.

첫째 아이가 충혈된 눈으로 흘끔 돌아다볼 뿐이었다.

둘째 아이도 그러할 뿐이었다.

셋째 아이도 그러할 뿐이었다.

그리고는 너는 상관없다는 듯이 자기네끼리 소근소근 이야기하면서 고개로 넘어갔다.

언덕 우에는 아무도 없었다.

짙어가는 황혼이 밀려들 뿐

오후의 구장

늦은 봄 기다리던 토요일날
오후 세시 반의 경성행 열차는
석탄 연기를 자욱이 품기고
한몸을 끄을기에 강하던
공이 자력을 잃고
한모금의 물이
불붙는 목을 축이기에
넉넉하다.

젊은 가슴의 피 순환이 잦고
두 철각이 늘어진다.

검은 기차 연기와 함께
푸른 산이
아지랭이 저쪽으로
가라앉는다.

모란봉에서

앙당한 소나무 가지에
훈훈한 바람의 날개가 스치고
얼음 섞인 대동강물에
한나절 햇발이 미끌어지다.

허물어진 성터에서
철모르는 여아들이
저도 모를 이국말로
재잘대며 뜀을 뛰고
난데없는 자동차가 밉다.

꿈은 깨어지고

잠은 눈을 떴다
그윽한 유무幽霧에서.

노래하는 종달이
도망쳐 날아나고

지난날 봄타령하든
금잔디밭은 아니다.

탑은 무너졌다
붉은 마음의 탑이 —
손톱으로 새긴 대리석탑이 —
하로저녁 폭풍에 여지없이도

오오 황폐의 쑥밭
눈물과 목메임이여!

꿈은 깨어졌다
탑은 무너졌다.

이별

눈이 오다 물이 되는 날
잿빛 하늘에 또 뿌연내 그리고
크다란 기관차는 빼—액—울며
조고만 가슴은 울렁거린다.

이별이 너무 재빠르다, 안타깝게도
사랑하는 사람을
일터에서 만나자 하고——
더운 손의 맛과 구슬 눈물이 마르기 전
기차는 꼬리를 산굽으로 돌렸다.

달밤

흐르는 달의 흰 물결을 밀쳐
여윈 나무그림자를 밟으며
북망산을 향한 발걸음은 무거웁고
고독을 반려한 마음은 슬프기도 하다.

누가 있어만 싶은 묘지엔 아무도 없고,
정적만이 군데군데 흰 물결에 폭 젖었다.

못 자는 밤

하나, 둘, 셋, 넷
....
밤은
많기도 하다.

2

별 헤는 밤

별 하나에 추억과

별 하나에 사랑과

별 하나에 쓸쓸함과

별 하나에 동경과

별 하나에 시와

별 하나에 어머니, 어머니

별 헤는 밤

계절이 지나가는 하늘에는
가을로 가득차 있습니다.

나는 아무 걱정도 없이
가을 속의 별들을 다 헤일 듯합니다.

가슴속에 하나 둘 새겨지는 별을
이제 다 못 헤는 것은
쉬이 아침이 오는 까닭이요
내일 밤이 남은 까닭이요
아직 나의 청춘이 다하지 않은 까닭입니다.

별 하나에 추억과
별 하나에 사랑과
별 하나에 쓸쓸함과
별 하나에 동경과

별 하나에 시와
별 하나에 어머니, 어머니

　어머님, 나는 별 하나에 아름다운 말 한 마디씩 불러 봅니다. 소학교 때 책상을 같이 했든 아이들의 이름과, 패佩, 경鏡, 옥玉 이런 이국 소녀들의 이름과, 벌써 애기 어머니 된 계집애들의 이름과, 가난한 이웃 사람들의 이름과 비둘기, 강아지, 토끼, 노새, 노루, 프랑시스 쨤, 라이너 마리아 릴케 이런 시인의 이름을 불러 봅니다.

　이네들은 너무나 멀리 있습니다.
　별이 아슬히 멀듯이

　어머님
　그리고 당신은 멀리 북간도北間島에 계십니다.

나는 무엇인지 그리워
이 많은 별빛이 나린 언덕 우에
내 이름자를 써 보고
흙으로 덮어 버리었습니다.

딴은 밤을 새워 우는 벌레는
부끄러운 이름을 슬퍼하는 까닭입니다.

그러나 겨울이 지나고 나의 별에도 봄이 오면
무덤 우에 파란 잔디가 피어나듯이
내 이름자 묻힌 언덕 우에도
자랑처럼 풀이 무성할 게외다.

눈 오는 지도

순이順伊가 떠난다는 아침에 말 못할 마음으로 함박눈이 나려, 슬픈 것처럼 창 밖에 아득히 깔린 지도 우에 덮인다. 방안을 돌아다보아야 아무도 없다. 벽과 천정이 하얗다. 방안에까지 눈이 나리는 것일까, 정말 너는 잃어버린 역사처럼 홀홀히 가는 것이냐, 떠나기 전에 일러둘 말이 있던 것을 편지를 써서도 네가 가는 곳을 몰라 어느 거리, 어느 마을, 어느 지붕밑, 너는 내 마음속에만 남아 있는 것이냐, 네 쪼고만 발자욱을 눈이 자꼬 나려 덮여 따라갈 수도 없다. 눈이 녹으면 남은 발자욱 자리마다 꽃이 피리니 꽃 사이로 발자욱을 찾어 나서면 넌 열두달 하냥 내 마음에는 눈이 나리리라.

소년

여기저기서 단풍잎 같은 슬픈 가을이 뚝뚝 떨어진다. 단풍 잎 떨어져 나온 자리마다 봄을 마련해 놓고 나뭇가지 우에 하늘이 펼쳐 있다. 가만히 하늘을 들여다보려면 눈섭에 파란 물감이 든다. 두 손으로 따뜻한 볼을 쓸어 보면 손바닥에도 파란 물감이 묻어난다. 다시 손바닥을 들여다본다. 손금에는 맑은 강물이 흐르고, 맑은 강물이 흐르고, 강물 속에는 사랑처럼 슬픈 얼골─아름다운 순이順伊의 얼골이 어린다. 소년은 황홀히 눈을 감어 본다. 그래도 맑은 강물은 흘러 사랑처럼 슬픈 얼골─아름다운 순이의 얼골은 어린다.

태초의 아침

봄날 아침도 아니고
여름, 가을, 겨울
그런 날 아침도 아닌 아침에

빨—간 꽃이 피어났네
햇빛이 푸른데

그 전날 밤에
그 전날 밤에
모든 것이 마련되었네

사랑은 뱀과 함께
독毒은 어린 꽃과 함께.

사랑스런 추억

봄이 오든 아침, 서울 어느 쪼그만 정차장에서 희망과
사랑처럼 기차를 기다려

나는 플랫폼에 간신한 그림자를 떨어뜨리고,
담배를 피웠다.

내 그림자는 담배연기 그림자를 날리고
비둘기 한떼가 부끄러울 것도 없이
나래 속을 속, 속, 햇빛에 비춰 날았다.

기차는 아무 새로운 소식도 없이
나를 멀리 실어다 주어

봄은 다 가고─동경東京 교외 어느 조용한 하숙방에서, 옛
거리에 남은 나를 희망과 사랑처럼 그리워한다.

오늘도 기차는 몇번이나 무의미하게 지나가고,

오늘도 나는 누구를 기다려 정차장 가차운 언덕에서
서성거릴 게다.

—아아 젊음은 오래 거기 남아 있거라.

또 태초의 아침

하얗게 눈이 덮이었고
전신주가 잉잉 울어
하나님 말씀이 들려 온다.

무슨 계시啓示일까.

빨리
봄이 오면
죄를 짓고
눈이
밝어

이브가 해산하는 수고를 다하면
무화과 잎사귀로 부끄런 데를 가리고
나는 이마에 땀을 흘려야겠다.

흐르는 거리

으스럼히 안개가 흐른다. 거리가 흘러 간다. 저 전차, 자동차, 모든 바퀴가 어디로 흘리워 가는 것일까? 정박할 아무 항구도 없이, 가련한 많은 사람들을 실고서, 안개 속에 잠긴 거리는

거리 모통이 붉은 포스트상자를 붙잡고 섰을라면 모든 것이 흐르는 속에 어렴풋이 빛나는 가로등, 꺼지지 않는 것은 무슨 상징일까? 사랑하는 동무 박朴이여! 그리고 김金이여! 자네들은 지금 어디 있는가? 끝없이 안개가 흐르는데

'새로운 날 아침 우리 다시 정답게 손목을 잡아보세' 몇자 적어 포스트 속에 떨어뜨리고, 밤을 새워 기다리면 금휘장金徽章에 금단추를 삐었고 거인처럼 찬란히 나타나는 배달부, 아침과 함께 즐거운 내임來臨, 이 밤을 하염없이 안개가 흐른다.

산협의 오후

내 노래는 오히려
섧은 산울림.

골짜기 길에
떨어진 그림자는
너무나 슬프구나

오후의 명상은
아 — 졸려.

이적異蹟

발에 터부한 것을 다 빼어버리고
황혼이 호수 우로 걸어오듯이
나도 사뿐사뿐 걸어보리이까?

내사 이 호수가로
부르는 이 없이
불리워온 것은
참말 이적이외다.

오늘 따라
연정戀情, 자홀自惚, 시기猜忌, 이것들이
자꼬 금메달처럼 만져지는구료

하나, 내 모든 것을 여념 없이
물결에 씻어보내려니
당신은 호면湖面으로 나를 불러내소서.

봄

봄이 혈관 속에 시내처럼 흘러
돌, 돌, 시내 가차운 언덕에
개나리, 진달래, 노오란 배추꽃

삼동三冬을 참어 온 나는
풀포기처럼 피어난다.

즐거운 종달새야
어느 이랑에서 즐거웁게 솟쳐라.

푸르른 하늘은
아른아른 높기도 한데……

사랑의 전당

순아 너는 내 전殿에 언제 들어왔든 것이냐?
내사 언제 네 전에 들어갔든 것이냐?

우리들의 전당은
고풍古風한 풍습이 어린 사랑의 전당

순아 암사슴처럼 수정눈을 나려감어라.
난 사자처럼 엉크린 머리를 고루련다.
우리들의 사랑은 한낱 벙어리였다.

성스런 촛대에 열熱한 불이 꺼지기 전
순아 너는 앞문으로 내달려라.

어둠과 바람이 우리 창에 부닥치기 전
나는 영원한 사랑을 안은 채
뒷문으로 멀리 사라지련다.

이제 네게는 삼림 속의 아늑한 호수가 있고
내게는 험준한 산맥이 있다.

비오는 밤

쇠! 철썩! 파도소리 문살에 부서져
잠 살포시 꿈이 흩어진다.

잠은 한낱 검은 고래 떼처럼 설레어
달랠 아무런 재주도 없다.

불을 밝혀 잠옷을 정성스레 여미는
삼경.
念願.

동경의 땅 강남에 또 홍수질 것만 싶어
바다의 향수보다 더 호젓해진다.

달같이

연륜이 자라듯이
달이 자라는 고요한 밤에
달같이 외로운 사랑이
가슴 하나 뻐근히
연륜처럼 피어 나간다.

바다

실어다 뿌리는
바람조차 시원타.

솔나무 가지마다 샛춤히
고개를 돌리어 뻐들어지고

밀치고
밀치운다.

이랑을 넘는 물결은
폭포처럼 피어오른다.

해변에 아이들이 모인다
찰찰 손을 씻고 구보로.

바다는 자꼬 섧어진다.
갈매기의 노래에……

돌아다보고 돌아다보고
돌아가는 오늘의 바다여!

소낙비

번개, 뇌성, 왁자지끈 뚜다려
머―ㄴ 도회지에 낙뢰落雷가 있어만 싶다.

벼루짱 엎어논 하늘로
살 같은 비가 살처럼 쏟아진다.

손바닥만한 나의 정원이
마음같이 흐린 호수되기 일쑤다.

바람이 팽이처럼 돈다.
나무가 머리를 이루잡지 못한다.

내 경건한 마음을 모셔드려
노아 때 하늘을 한모금 마시다.

장

이른 아침 아낙네들은 시들은 생활을
바구니 하나 가득 담아 이고……
업고 지고…… 안고 들고……
모여드오, 자꾸 장에 모여드오.
가난한 생활을 골골이 벌여 놓고
밀려 가고 밀려 오고……
저마다 생활을 외치오…… 싸우오.
왼하로 올망졸망한 생활을
되질하고 저울질하고 자질하다가
날이 저물어 아낙네들이
쓴 생활과 바꾸어 또 이고 돌아가오.

산골 물

괴로운 사람아 괴로운 사람아
옷자락 물결 속에서도
가슴속 깊이 돌돌 샘물이 흘러
이 밤을 더불어 말할 이 없도다.
거리의 소음과 노래 부를 수 없도다.
그신 듯이 냇가에 앉았으니
사랑과 일을 거리에 맡기고
가만히 가만히
바다로 가자
바다로 가자.

명상

가즐가즐한 머리칼은 오막살이 처마끝
쉬파람에 콧마루가 서운한 양 간질키오.

들창같은 눈은 가볍게 닫혀
이밤에 연정은 어둠처럼 골골히 스며드오.

황혼이 바다가 되어

하로도 검푸른 물결에
흐느적 잠기고…… 잠기고……
저—왼 검은 고기 떼가
물든 바다를 날아 횡단할고.

낙엽이 된 해초
해초마다 슬프기도 하오.

서창에 걸린 해말간 풍경화.
옷고름 너어는 고아孤兒의 서름.

이제 첫 항해하는 마음을 먹고
방바닥에 나딩구오…… 딩구오……

황혼이 바다가 되어
오늘도 수많은 배가
나와 함께 이 물결에 잠겼을 게오.

풍경

봄바람을 등진 초록빛 바다
쏟아질 듯 쏟아질 듯 위태롭다.

잔주름 치마폭의 두둥실거리는 물결은
오스라질 듯 한끝 경쾌롭다.

마스트 끝에 붉은 깃발이
여인의 머리칼처럼 나부낀다.

이 생생한 풍경을 앞세우며 뒤세우며
외─ㄴ하로 거닐고 싶다.

─우중충한 5월 하늘 아래로
─바닷빛 포기포기에 수놓은 언덕으로.

아침

휙, 휙, 휙
소꼬리가 부드러운 채찍질로
어둠을 쫓아
캄, 캄, 어둠이 깊다깊다 밝으오.

이제 이 동리의 아침이
풀살 오른 소엉덩이처럼 푸르오.
이 동리 콩죽 먹은 사람들이
땀물을 뿌려 이 여름을 길렀소.
잎, 잎, 풀잎마다 땀방울이 맺혔소.

구김살 없는 이 아침을
심호흡하오, 또 하오.

빨래

빨래줄에 두 다리를 드리우고
흰 빨래들이 귓속이야기하는 오후

쨍쨍한 7월 햇발은 고요히도
아담한 빨래에만 달린다.

산림

시계時計가 자근자근 가슴을 따려
불안한 마음을 산림이 부른다.

천년 오래인 연륜에 짜들은 유암幽暗한 산림이
고달픈 한몸을 포용할 인연을 가졌나 보다.

산림의 검은 파동 우으로부터
어둠은 어린 가슴을 짓밟고

이파리를 흔드는 저녁바람이
쏴―공포에 떨게 한다.

멀리 첫여름의 개고리 재질댐에
흘러간 마을의 과거는 아질타.

나무틈으로 반짝이는 별만이
새날의 희망으로 나를 이끈다.

닭

한간 계사鷄舍 그 너머 창공이 깃들어
자유의 향토를 잊은 닭들이
시들은 생활을 주잘대고
생산의 고로苦勞를 부르짖었다.

음산한 계사에서 쏠려 나온
외래종 레구홍,
학원에서 새무리가 밀려 나오는
3월의 맑은 오후도 있다.

닭들은 녹아드는 두엄을 파기에
아담한 두 다리가 분주하고
굶주렸든 주두리가 바즈런하다.
두 눈이 붉게 여므드록—

비둘기

안아보고 싶게 귀여운
산비둘기 일곱 마리
하늘 끝까지 보일 듯이 맑은 공일날 아침에
벼를 거두어 빤빤한 논에
앞을 다투어 모이를 주으며
어려운 이야기를 주고받으오

날씬한 두 나래로 조용한 공기를 흔들어
두 마리가 나오
집에 새끼 생각이 나는 모양이오.

산상

거리가 바둑판처럼 보이고
강물이 배암의 새끼처럼 기는
산 우에까지 왔다.
아직쯤은 사람들이
바둑돌처럼 버려 있으리라.

한나절의 태양이
함석지붕에만 비치고
굼벵이 걸음을 하든 기차가
정차장에 섰다가 검은 내를 토하고
또 걸음발을 탄다.

텐트 같은 하늘이 무너져
이 거리를 덮을까 궁금하면서
좀더 높은 데로 올라가고 싶다.

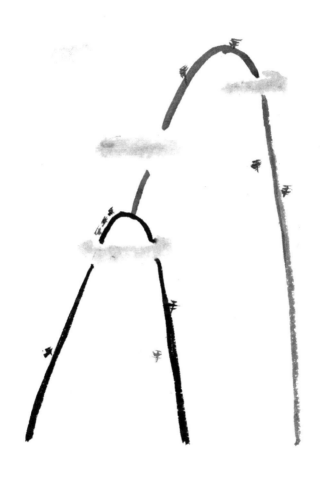

황혼

햇살은 미닫이 틈으로
길죽한 일ㅡ자를 쓰고…… 지우고……

까마귀 떼 지붕 우으로
둘, 둘, 셋, 넷, 자꼬 날아 지난다.
쑥쑥, 꿈틀꿈틀 북쪽 하늘로

내사……
북쪽 하늘에 나래를 펴고 싶다.

남쪽 하늘

제비는 두 나래를 가지었다.
시산한 가을날―

어머니의 젖가슴이 그리운
서리 나리는 저녁―

어린 영靈은 쪽나래의 향수를 타고
남쪽 하늘에 떠돌 뿐―

창공

그 여름날
열정의 포푸라는
오려는 창공의 푸른 젖가슴을
어루만지려
팔을 펼쳐 흔들거렸다.
끓는 태양 그늘 좁다란 지점에서

천막같은 하늘 밑에서
떠들던 소나기
그리고 번개를
춤추든 구름은 이끌고
남방으로 도망하고
높다랗게 창공은 한폭으로
가지 우에 퍼지고
둥근 달과 기러기를 불러 왔다.

푸르른 어린 마음이 이상에 타고
그의 동경의 날 가을에
조락凋落의 눈물을 비웃다.

거리에서

달밤의 거리
광풍이 휘날리는
북국의 거리
도시의 진주眞珠

전등 밑을 헤엄치는
조그만 인어, 나
달과 전등에 비쳐
한몸에 두셋의 그림자
커졌다 작아졌다.

괴롬의 거리
재색빛 밤거리를
걷고 있는 이 마음
선풍旋風이 일고 있네

외로우면서도
한 갈피 두 갈피
피어나는 마음의 그림자
푸른 공상이
높아졌다 낮아졌다.

초 한 대

초 한 대—
내 방에 품긴 향내를 맡는다.

광명의 제단이 무너지기 전
나는 깨끗한 제물을 보았다.

염소의 갈비뼈 같은 그의 몸
그의 생명인 심지(心志)
백옥같은 눈물과 피를 흘려
불살라 버린다.

그리고도 책상머리에 아롱거리며
선녀처럼 촛불은 춤을 춘다.

매를 본 꿩이 도망하듯이
암흑이 창구멍으로 도망한

나의 방에 품긴
제물의 위대한 향내를 맛보노라.

곡간谷間

산등서리에 송아지뿔처럼
울뚝불뚝히 어린 바위가 솟고
얼룩소의 보드라운 털이
산등서리에 퍼—렇게 자랐다.

삼년 만에 고향에 찾아드는
산골 나그네의 발걸음이
타박타박 땅을 고눈다.
벌거숭이 두루미 다리같이……

헌 신짝이 지팡이 끝에
모가지를 매달아 늘어지고
까치가 새끼의 날발을 태우며 날 뿐
골짝은 나그네의 마음처럼 고요하다.

산들이 두 줄로 줄달음질치고
여울이 소리쳐 목이 잦았다.
한여름의 햇님이 구름을 타고
이 골짜기를 빠르게도 건너려 한다.

코스모스

청초한 코스모스는
오직 하나인 나의 아가씨

달빛이 싸늘히 추운 밤이면
옛 소녀가 못 견디게 그리워
코스모스 핀 정원으로 찾아간다.

코스모스는
귀또리 울음에도 수집어지고
코스모스 앞에 선 나는
어렸을 적처럼 부끄러워지나니

내 마음은 코스모스의 마음이요
코스모스의 마음은 내 마음이다.

식권

식권은 하루 세끼를 준다.

식모는 젊은 아이들에게
한때 흰 그릇 셋을 준다.

대동강 물로 끓인 국
평안도 쌀로 지은 밥
조선의 매운 고추장

식권은 우리 배를 부르게.

그 여자

함께 핀 꽃에 처음 익은 능금은
먼저 떨어졌습니다.

오늘도 가을 바람은 그냥 붑니다.

길가에 떨어진 붉은 능금은
지나는 손님이 집어 갔습니다.

공상

공상—
내 마음의 탑
나는 말없이 이 탑을 쌓고 있다.
명예와 허영의 천공에다
무너질 줄 모르고
한 층 두 층 높이 쌓는다.

무한한 나의 공상
그것은 내 마음의 바다
나는 두 팔을 펼쳐서
나의 바다에서
자유로이 헤엄친다.
황금 지욕知慾의 수평선을 향하여.

3

오줌싸개 지도

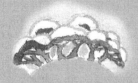

빨래줄에 걸어논
요에다 그린 지도
지난밤에 내 동생
오줌 싸 그린 지도

오줌싸개 지도

빨래줄에 걸어 논
요에다 그린 지도
지난밤에 내 동생
오줌 싸 그린 지도
꿈에 가본 엄마 계신
별나라 지돈가?
돈 벌러 간 아빠 계신
만주땅 지돈가?

호주머니

넣을 것 없어
걱정이던
호주머니는

겨울만 되면
주먹 두 개 갑북갑북.

귀뜨라미와 나와

귀뜨라미와 나와
잔디밭에서 이야기했다.

귀뜰귀뜰
귀뜰귀뜰

아무게도 아르켜주지 말고
우리 둘만 알자고 약속했다.

귀뜰귀뜰
귀뜰귀뜰

귀뜨라미와 나와
달밝은 밤에 이야기했다.

해바라기 얼굴

누나의 얼굴은
해바라기 얼굴
해가 금방 뜨자
일터에 간다.

해바라기 얼굴은
누나의 얼굴
얼굴이 숙어들어
집으로 온다.

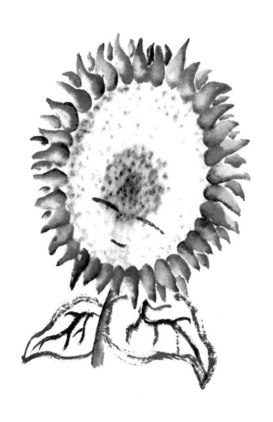

사과

붉은 사과 한 개를
아버지 어머니
누나 나 넷이서
껍질 채로 송치까지
다아 나눠 먹었소.

반딧불

가자 가자 가자
숲으로 가자
달조각을 주으려
숲으로 가자.

그믐밤 반딧불은
부서진 달조각

가자 가자 가자
숲으로 가자
달조각을 주으려
숲으로 가자.

애기의 새벽

우리 집에는
닭도 없단다.
다만
애기가 젖달라 울어서
새벽이 된다.

우리 집에는
시계도 없단다.
다만
애기가 젖달라 보채어
새벽이 된다.

햇빛·바람

손가락에 침 발러
쏘옥 쏙 쏙
장에 가는 엄마 내다보려
문풍지를
쏘옥 쏙 쏙

아침에 햇빛이 반짝

손가락에 침발러
쏘옥 쏙 쏙
장에 가신 엄마 돌아오나
문풍지를
쏘옥 쏙 쏙

저녁에 바람이 솔솔.

닭

— 닭은 나래가 커도
왜 날잖나요
— 아마 두엄 파기에
홀 잊었나봐.

둘다

바다도 푸르고
하늘도 푸르고

바다도 끝없고
하늘도 끝없고

바다에 돌 던지고
하늘에 침 뱉고

바다는 벙글
하늘은 잠잠.

밤

오양간 당나귀
아―ㅇ 외 마디 울음울고

당나귀 소리에
으―아 아 애기 소스라쳐 깨고

등잔에 불을 다오.

아버지는 당나귀에게
짚을 한키 담아 주고

어머니는 애기에게
젖을 한모금 먹이고

밤은 다시 고요히 잠드오.

참새

가을 지난 마당은 하이얀 종이
참새들이 글씨를 공부하지요.

째액째액 입으로 받아읽으며
두 발로는 글씨를 연습하지요.

하로 종일 글씨를 공부하여도
쩩자 한 자밖에는 더 못 쓰는걸.

나무

나무가 춤을 추면
바람이 불고
나무가 잠잠하면
바람도 자고

산울림

까치가 울어서
산울림
아무도 못 들은
산울림

까치가 들었다.
산울림
저 혼자 들었다
산울림

무얼 먹고 사나

바닷가 사람
물고기 잡아먹고 살고

산골엣 사람
감자 구어먹고 살고

별나라 사람
무얼 먹고 사나.

햇비

아씨처럼 나린다
보슬보슬 햇비
맞아 주자 다 같이
옥수숫대처럼 크게
닷자 엿자 자라게
햇님이 웃는다
나 보고 웃는다.

하늘다리 놓였다
알롱알롱 무지개
노래하자 즐겁게
동무들아 이리 오나
다 같이 춤을 추자
햇님이 웃는다
즐거워 웃는다.

버선본

어머니
누나 쓰다 버린 습자지는
두었다간 뭣에 쓰나요?

그런 줄 몰랐드니
습자지에다 내 버선 놓고
가위로 오려
버선본 만드는걸.

어머니
내가 쓰다 버린 몽당연필은
두었다간 뭣에 쓰나요?

그런 줄 몰랐드니
천 우에다 버선본 놓고
침 발러 점을 찍곤
내 버선 만드는걸.

편지

누나!
이 겨울에도
눈이 가득히 왔습니다.

흰 봉투에
눈을 한줌 넣고
글씨도 쓰지 말고
우표도 붙이지 말고
말쑥하게 그대로
편지를 부칠까요?

누나 가신 나라엔
눈이 아니 온다기에.

봄

우리 애기는
아래발치에서 코올코올

고양이는
부뚜막에서 가릉가릉

애기 바람이
나뭇가지에서 소올소올

아저씨 햇님이
하늘 한가운데서 째앵째앵.

굴뚝

산골작이 오막살이 낮은 굴뚝엔
몽기몽기 웨인연기 대낮에 솟나

감자를 굽는 게지 총각애들이
깜박깜박 검은 눈이 모여 앉아서
입술에 꺼멓게 숯을 바르고
옛이야기 한 커리에 감자 하나씩.

산골작이 오막살이 낮은 굴뚝엔
살랑살랑 솟아나네 감자 굽는 내.

만돌이

만돌이가 학교에서 돌아오다가
전보대 있는 데서
돌짜기 다섯 개를 주웠습니다.

전보대를 겨누고
돌 첫개를 뿌렸습니다.
—딱—
두 개째 뿌렸습니다.
—아뿔사—
세 개째 뿌렸습니다.
—딱—
네 개째 뿌렸습니다.
—아뿔사—
다섯 개째 뿌렸습니다.
—딱—

다섯 개에 세 개……
그만하면 되었다.
내일 시험
다섯 문제에 세 문제만 하면—
손꼽아 구구를 하여 봐도
허양 육십 점이다.
볼 거 있나 공차러 가자.

그 이튿날 만돌이는
꼼짝 못하고 선생님한테
흰 종이를 바쳤을까요
그렇잖으면 정말
육십 점을 맞았을까요.

기왓장 내외

비오는 날 저녁에 기왓장 내외
잃어버린 외아들 생각나선지
꼬부라진 잔등을 어루만지며
쭈룩쭈룩 구슬피 울음 웁니다.

대궐 지붕 위에서 기왓장 내외
아름답든 옛날이 그리워선지
주름잡힌 얼굴을 어루만지며
물끄러미 하늘만 쳐다봅니다.

병아리

뾰 뾰 뾰
엄마 젖 좀 주
병아리 소리.

꺽 꺽 꺽
오냐 좀 기다려
엄마닭 소리.

좀 있다가
병아리들은
엄마 품속으로
다 들어 갔지요.

조개껍질

아롱아롱 조개껍데기
울 언니 바닷가에서
주어 온 조개껍데기

여긴여긴 북쪽나라요
조개는 귀여운 선물
장난감 조개껍데기

데굴데굴 굴리며 놀다
짝 잃은 조개껍데기
한짝을 그리워하네

아롱아롱 조개껍데기
나처럼 그리워하네
물소리 바다 물소리.

고추밭

할머니는 바구니를 들고
밭머리에서 어정거리고
손가락 너어는 아이는
할머니 뒤만 따른다.

시들은 잎새 속에서
고 빠알간 살을 드러내 놓고
고추는 방년芳年된 아가씬 양
땍볕에 자꼬 익어 간다.

고향집

헌 짚신짝 끄을고
나 여기 왜 왔노
두만강을 건너서
쓸쓸한 이 땅에

남쪽 하늘 저 밑에
따뜻한 내 고향
내 어머니 계신 곳
그리운 고향집

비행기

머리에 프로펠러가
연자간 풍체보다
더 ― 빨리 돈다.

따에서 오를 때보다
하늘에 높이 떠서는
빠르지 못하다
숨결이 찬 모양이야.

비행기는 ―
새처럼 나래를
펄럭거리지 못한다
그리고 늘 ―
소리를 지른다.
숨이 찬가봐.

내일은 없다

내일 내일 하기에
물었더니
밤을 자고 동틀 때
내일이라고
새날을 찾던 나는
잠을 자고 돌보니
그때는 내일이 아니라
오늘이더라
무리여! 동무여!
내일은 없나니
....

서시

죽는 날까지 하늘을 우러러
한 점 부끄럼이 없기를
잎새에 이는 바람에도
나는 괴로와했다.
별을 노래하는 마음으로
모든 죽어가는 것을 사랑해야지
그리고 나한테 주어진 길을
걸어가야겠다.

오늘 밤에도 별이 바람에 스치운다.

거짓부리

똑 똑 똑
문좀 열어주세요
하루밤 자고 갑시다.
밤은 깊고 날은 추운데
거 누굴까?
문 열어주고 보니
검둥이의 꼬리가
거짓부리한걸.

꼬기요 꼬기요
달걀 낳았다.
간난아 어서 집어 가거라
간난이 뛰어가 보니
달걀은 무슨 달걀
고놈의 암탉이
대낮에 새빨간
거짓부리한걸.

개

눈 위에서
개가
꽃을 그리며
뛰오.

비로봉

만상을
굽어 보기란 —

무릎이
오들오들 떨린다.

백화
어려서 늙었다.
새가
나비가 된다.

정말 구름이
비가 된다.

옷자락이
칩다.

눈

지난밤에
눈이 소오복이 왔네
지붕이랑
길이랑 밭이랑
추워한다고
덮어주는 이불인가봐
그러기에
추운 겨울에만 나리지

빗자루

요오리 조리 베면 저고리 되고
이이렇게 베면 큰 총 되지.
누나하고 나하고
가위로 종이 쏠았더니
어머니가 빗자루 들고
누나 하나 나 하나
엉덩이를 때렸소
방바닥이 어지럽다고 ㅡ
아아니 아니
고놈의 빗자루가
방바닥 쓸기 싫으니
그랬지 그랬어
괘씸하여 벽장 속에 감췄드니
이튿날 아침 빗자루가 없다고
어머니가 야단이지요.

겨울

처마 밑에
시래기 다래미
바삭바삭
추워요.

길바닥에
말똥 동그램이
달랑달랑
얼어요.

가을밤

굳은비 나리는 가을밤
벌거숭이 그대로
잠자리에서 뛰쳐나와
마루에 쭈구리고 서서
아인양 하고
쏴 — 오줌을 쏘오.

할아버지

왜떡이 씁은 데도
자꼬 달라고 하오

4

달을 쏘다

달을 쏘다

번거롭던 사위가 잠잠해지고 시계소리가 또렷하나 보니 밤은 저윽히 깊을대로 깊은 모양이다. 보든 책자를 책상 머리에 밀어 놓고 잠자리를 수습한 다음 잠옷을 걸치는 것이다. '딱' 스위치 소리와 함께 전등을 끄고 창窓역의 침대에 드러누으니 이때까지 밖은 휘양찬 달밤이었든 것을 감각치 못하였다. 이것도 밝은 전등의 혜택이었을가.

나의 루추한 방이 달빛에 잠겨 아름다운 그림이 된다는 것보담도 오히려 슬픈 선창이 되는 것이다. 창살이 이마로부터 코마루, 입술 이렇게 하여 가슴에 여맨 손등에까지 어른거려 나의 마음을 간지르는 것이다. 옆에 누은 분의 숨소리에 방은 무시무시해진다. 아이처럼 황황해지는 가슴에 눈을 치떠서 밖을 내보다니 가을 하늘은 역시 맑고 우거진 송림은 한폭의 묵화다. 달빛은 솔가지에 솔가지에 쏟아져 바람인 양 쏴 — 소리가 날듯하다. 들리는 것은 시계소리와 숨소리와 귀또리울음뿐 벅쩍 고던 기숙사도 절깐보다 더 한층 고요한 것이 아니냐?

나는 깊은 사념에 잠기우기 한창이다. 따는 사랑스런 아가씨를 사유私有할 수 있는 아름다운 상화想華도 좋고, 어린쩍 미련을 두고 온 고향에의 향수도 좋거니와 그보담 손쉽게 표현못할 심각한 그 무엇이 있다.

바다를 건너 온 H군의 편지사연을 곰곰 생각할수록 사람 사이의 감정이란 미묘한 것이다. 감상적인 그에게도 필연코 가을은 왔나 보다.

편지는 너무나 지나치지 않았던가. 그중 한토막.

"군아 나는 지금 울며울며 이 글을 쓴다. 이 밤도 달이 뜨고, 바람이 불고, 인간인 까닭에 가을이란 흙냄새도 안다. 정의 눈물, 따뜻한 예술학도였던 정의 눈물도 이 밤이 마지막 이다."

또 마지막 켠으로 이런 구절이 있다.

"당신은 나를 영원히 쫓아버리는 것이 정직할 것이오."

나는 이 글의 뉴안쓰를 해득할 수 있다. 그러나 사실 나는 그에게 아픈 소리 한 마디 한 일이 없고 설은 글 한쪽 보낸 일이 없지 아니한가. 생각건대 이 죄는 다만 가을에게 지워 보낼 수밖에 없다.

홍안서생으로 이런 단안을 나리는 것은 외람한 일이나 동무란 한낱 괴로운 존재요, 우정이란 진정코 위태로운 잔에 떠 놓은 물이다. 이 말을 반대할 자 누구랴. 그러나 지기知己 하나 얻기 힘든다 하거늘 알뜰한 동무 하나 잃어버린다는 것이 살을 베어내는 아픔이다.

나는 나를 정원에서 발견하고 창을 넘어 나왔다든가 방문을 열고 나왔다든가 왜 나왔느냐 하는 어리석은 생각에 두 뇌를 괴롭게 할 필요는 없는 것이다. 다만 귀뚜라미 울음에도 수집어지는 코스모스 앞에 그윽히 서서 닥터·빌링쓰의 동상 그림자처럼 슬퍼지면 그만이다. 나는 이 마음을 아무에게나 전가시킬 심보는 없다. 옷깃은 민감이어서 달빛에도 싸늘히 추어지고 가을 이슬이란 선득선득하여서 설은 사나이의 눈물인 것이다.

발걸음은 몸둥이를 옮겨 못가에 세워줄 때 못속에도 역시 가을이 있고, 삼경三更이 있고, 나무가 있고, 달이 있다.

그 찰나 가을이 원망스럽고 달이 미워진다. 더듬어 돌을 찾어 달을 향하야 죽어라고 팔매질을 하였다. 통쾌! 달은 산산히 부서지고 말았다. 그러나 놀랐든 물결이 자자들 때 오래잖아 달은 도로 살아난 것이 아니냐, 문득 하늘을 쳐다보니 얄미운 달은 머리 우에서 빈정대는 것을……

나는 곳곳한 나뭇가지를 고나 띠를 째서 줄을 메워 훌륭한 활을 만들었다. 그리고 좀 탄탄한 갈대로 화살을 삼아 무사의 마음을 먹고 달을 쏘다.

별똥 떨어진 데

밤이다.

하늘은 푸르다 못해 농회색으로 캄캄하나 별들만은 또렷 또렷 빛난다. 침침한 어둠뿐만 아니라 오삭오삭 춥다. 이 육 중한 기류 가운데 자조하는 한 젊은이가 있다. 그를 나라고 불러두자.

나는 이 어둠에서 배태되고 이 어둠에서 생장하여서 아직 도 이 어둠속에 그대로 생존하나 보다. 하기는 나는 세기의 초점인 듯 초췌하다.

얼핏 생각하기에는 내 바닥을 반듯이 받들어 주는 것도 없고 그렇다고 내 머리를 갑박이 나려누르는 아모것도 없는 듯하다 마는 내막은 그렇지도 않다. 나는 도무지 자유스럽 지 못하다. 다만 나는 없는 듯 있는 하로살이처럼 허공에 부 유하는 한 점에 지나지 않는다. 이것이 하로살이처럼 경쾌하 다면 마침 다행할 것인데 그렇지를 못하구나!

이 점의 대칭위치에 또 하나 다른 밝음明의 초점이 도사리 고 있는 듯 생각킨다. 덥석 웅키었으면 잡힐듯도 하다.

마는 그것을 취잡기는 나 자신이 둔질鈍質이라는 것보다

오히려 내 마음에 아무런 준비도 배포치 못한 것이 아니냐. 그리고 보니 행복이란 별스런 손님을 불러들이기에도 또 다른 한가닥 구실을 치르지 않으면 안 될가보다.

이밤이 나에게 있어 어릴적처럼 한낱 공포의 장막인 것은 벌써 흘러간 전설이오. 따라서 이밤이 향락의 도가니라는 이야기도 나의 염원에선 아직 소화시키지 못할 돌덩이다. 오로지 밤은 나의 도전의 호적好敵이면 그만이다.

이것이 생생한 관념세계에만 머물은다면 애석한 일이다. 어둠속에 깜박깜박 조을며 다닥다닥 나란히한 초가들이 아름다운 시의 화사華詞가 될 수 있다는 것은 벌써 지나간 쩨네레션generation의 이야기요, 오늘에 있어서는 다만 말못하는 비극의 배경이다.

이제 닭이 홰를 치면서 맵짠 울음을 뽑아 밤을 쫓고 어둠을 줏내몰아 동켠으로 훤—ㄴ 히 새벽이란 새로운 손님을 불러온다 하자. 하나 경망스럽게 그리 반가워할 것은 없다. 보아라 가령 새벽이 왔다 하더래도 이 마을은 그대로 암담하고 나도 그대로 암담하고 하여서 너나 나나 이 가랑지길에서 주저 주저 아니치 못할 존재들이 아니냐.

나무가 있다.

그는 나의 오랜 이웃이요 벗이다. 그렇다고 그와 내가 성격이나 환경이나 생활이 공통한데 있어서가 아니다. 말하자면 극단과 극단 사이에도 애정이 관통할 수 있다는 기적적 교분의 표본에 지나지 못할 것이다.

나는 처음 그를 퍽 불행한 존재로 가소롭게 여겼다. 그의 앞에 설 때 슬퍼지고 측은한 마음이 앞을 가리군 하였다. 마는 돌이켜 생각건대 나무처럼 행복한 생물은 다시 없을듯 하다. 굳음에는 이루 비길데 없는 바위에도 그리 탐탁치는 못할망정 자양분이 있다 하거늘 어디로 간들 생의 뿌리를 박지 못하며 어디로 간들 생활의 불평이 있을소냐, 칙칙하면 솔솔 솔바람이 불어오고, 심심하면 새가 와서 노래를 부르다 가고, 촐촐하면 한줄기 비가 오고, 밤이면 수많은 별들과 오순도순 이야기 할 수 있고 ― 보다 나무는 행동의 방향이란 거치장스런 과제에 봉착하지 않고 인위적으로든 우연으로서든 탄생시켜 준 자리를 지켜 무진무궁한 영양소를 흡취하고 령롱한 햇빛을 받아들여 손쉽게 생활을 영위하고 오로지 하늘만 바라고 뻗어질 수 있는 것이 무엇보다 행복스럽지 않으냐.

이밤도 과제를 풀지 못하야 안타까운 나의 마음에 나무의 마음이 점점 옮아오는 듯하고, 행동할 수 있는 자랑을 자랑치 못함에 뼈저리듯 하나 나의 젊은 선배의 웅변에 왈 선배도 믿지 못할 것이라니 그러면 영리한 나무에게 나의 방향을 물어야 할 것인가.

어디로 가야 하느냐 동이 어디냐 서가 어디냐 남이 어디냐 아차! 저별이 번쩍 흐른다. 별똥 떨어진 데가 내가 갈곳인가 보다. 하면 별똥아! 꼭 떨어져야 할 곳에 떨어져야 한다.

화원에 꽃이 핀다

개나리, 진달래, 안즌방이, 라이락, 문들레, 찔레, 복사, 들장미, 해당화, 모란, 릴리, 창포, 추립, 카네, 봉선화, 백일홍, 채송화, 다리아, 해바라기, 코스모스 ─ 코스모스가 홀홀히 떨어지는 날 우주의 마지막은 아닙니다. 여기에 푸른하늘이 높아지고 빨간 노란 단풍이 꽃에 못지않게 가지마다 물들었다가 귀또리울음이 끊어짐과 함께 단풍의 세계가 무너지고 그 우에 하로밤 사이에 소복이 흰눈이 나려나려 쌓이고 화로에는 빨간 숯불이 피어 오르고 많은 이야기와 많은 일이 이 화로가에서 이루어집니다.

독자제현! 여러분은 이 글이 쓰여지는 때를 독특한 계절로 짐작해서는 아니됩니다. 아니, 봄, 여름, 가을, 겨울, 어느 철로나 상정하셔도 무방합니다. 사실 일년 내내 봄일 수는 없습니다. 하나 이 화원에는 사철내 봄이 청춘들과 함께 싱싱하게 등대하여 있다고 하면 과분한 자기선전일까요. 하나의 꽃밭이 이루어지도록 손쉽게 되는 것이 아니라 고생과 노력이 있어야 하는 것입니다. 따는 얼마의 단어를 모아 이 졸문을 지적거리는데도 내 머리는 그렇게 명철한 것은 못됩니다. 한해 동안을 내 두뇌로서가 아니라 몸으로서 일일이 헤아려 세포 사이마다 간직해두어서야 겨우 몇 줄의 글이 이루어집니다. 그리하여 나에게 있어 글을 쓴다는 것이 그리 즐거운 일일 수는 없습니다. 봄바람의 고민에 짜들고 록음의 권태에 시들고, 가을하늘 감상에 울고, 로변의 사색에 졸다가 이 몇줄의 글과 나의 화원과 함께 나의 일년은 이루어집니다.

시간을 먹는다는 (이말의 의의와 이말의 묘미는 칠판앞에 서보신 분과 칠판밑에 앉아 보신 분은 누구나 아실 것입니다) 것은 확실히 즐거운 일임에 틀림없습니다. 하루를 휴강한다는 것보다 (하긴 슬그머니 까먹어 버리면 그만이지만) 다못 한 시간, 숙제를 못해왔다든가 따분하고 졸리고 할 때, 한시간의 휴강은 진실로 살로 가는 것이어서, 만일 교수가 불편하여서 못 나오셨다고 하더라도 미처 우리들의 예의를 갖출 사이가 없는 것입니다. 그러나 이것을 우리들의 망발과 시간의 랑비라고 속단하셔서 아니됩니다.

여기에 화원이 있습니다. 한포기 푸른 풀과 한 떨기의 붉은 꽃과 함께 웃음이 있습니다. 노트장을 적시는 것보다 한우충동汗牛充棟에 무쳐 글줄과 씨름하는 것보다 더 정확한 진리를 탐구할 수 있을런지, 보다 더 많은 지식을 획득할 수 있을런지, 보다 더 효과적인 성과가 있을지를 누가 부인하겠습니까.

나는 이 귀한 시간을 슬그머니 동무들을 떠나서 단 혼자

화원을 거닐 수 있습니다. 단 혼자 꽃들과 풀들과 이야기할 수 있다는 것이 얼마나 다행한 일이겠습니까? 참말 나는 온 정으로 이들을 대할 수 있고 그들은 나를 웃음으로 나를 맞어 줍니다. 그 웃음을 눈물로 대한다는 것은 나의 감상일 까요? 고독, 정적도 확실히 아름다운 것임에 틀림이 없으나, 여기에 또 서로 마음을 주는 동무가 있는 것도 다행한 일이 아닐 수 없습니다. 우리 화원속에 모인 동무들 중에, 집에 학비를 청구하는 편지를 쓰는 날 저녁이면 생각하고 생각하든 끝 겨우 몇 줄 써 보낸다는 A군, 기뻐해야 할 서유書留(통칭 월급봉투)를 받어든 손이 떨린다는 B군, 사랑을 위하여서는 밥맛을 잃고 잠을 잊어버린다는 C군, 사상적 당착에 자살을 기약한다는 D군…… 나는 이 여러 동무들의 갸륵한 심정을 내것인 것처럼 이해할 수 있습니다. 서로 너그러운 마음으로 대할 수 있습니다.

나는 세계관, 인생관, 이런 좀더 큰 문제보다 바람과 구름과 햇빛과 나무와 우정, 이런 것들에 더 많이 괴로워해 왔는지도 모르겠습니다. 단지 이 말이 나의 역설이나, 나 자신을 흐리우는데 지날 뿐인가요. 일반은 현대 학생도덕이 부패했다고 말합니다. 스승을 섬길 줄을 모른다고들 합니다. 옳은 말씀들입니다. 부끄러울 따름입니다. 하나 이 결함을 괴로워하는 우리들 어깨에 지워 광야로 내쫓아 버려야 하나요, 우리들의 아픈데를 알아주는 스승, 우리들의 생치기를 어루만져주는 따뜻한 세계가 있다면 박탈된 도덕일지언정

기우려 스승을 진심으로 존경하겠습니다. 온정의 거리에서 원수를 만나면 손목을 붙잡고 목놓아 울겠습니다.

세상은 해를 거듭 포성에 떠들썩하건만 극히 조용한 가운데 우리들 동산에서 서로 융합할 수 있고 이해할 수 있고 종전從前의 X가 있는 것은 시세의 역효과일까요.

봄이 가고, 여름이 가고, 가을, 코스모스가 홀홀히 떨어지는 날 우주의 마지막은 아닙니다. 단풍의 세계가 있고 — 이상이견빙지履霜而堅氷至 — 서리를 밟거든 얼음이 굳어질 것을 각오하라 — 가 아니라, 우리는 서리발에 끼친 낙엽을 밟으면서 멀리 봄이 올 것을 믿습니다.

로변에서 많은 일이 이뤄질 것입니다.

종시終始

 종점이 시점이 된다. 다시 종점이 된다.

 아침 저녁으로 이 자국을 밟게 되는데 이 자국을 밟게 된 연유가 있다. 일직이 서산대사가 살았을 듯한 우거진 송림 속, 게다가 덩그러시 살림집은 외따로 한채 뿐이었으나 식 구로는 굉장한 것이어서 한 지붕 밑에서 팔도 사투리를 죄 다 들을 만큼 모아놓은 미끈한 장정들만이 욱실욱실 하였 다. 이곳에 법령은 없었으나 여인 금납구禁納區였다. 만일 강 심장의 여인이 있어 불의의 침입이 있다면 우리들의 호기심 을 저윽히 자아내었고 방마다 새로운 화제가 생기군 하였다. 이렇듯 수도생활에 나는 소라속처럼 안도하였든 것이다.

 사건이란 언제나 큰데서 동기가 되는 것보다 오히려 적은 데서 더 많이 발작發作하는 것이다.

 눈 온 날이었다. 동숙하는 친구의 친구가 오히려 한 시간 남짓한 문門안 들어가는 차시간까지를 랑비하기 위하여 나 의 친구를 찾아 들어와서 하는 대화였다.

 "자네 여보게 이집 귀신이 되려나?"

 "조용한게 공부하기 자키나 좋지 않은가?"

"그래 책장이나 뒤적뒤적하면 공분줄 아나, 전차간에서 내다볼 수 있는 광경, 정거장에서 맛볼 수 있는 광경, 다시 기차속에서 대할 수 있는 모든 일들이 생활아닌 것이 없거든, 생활 때문에 싸우는 이 분위기에 잠겨서, 보고, 생각하고, 분석하고, 이거야말로 진정한 의미의 교육이 아니겠는가. 여보게! 자네 책장만 뒤지고 인생이 어떠하니 사회가 어떠하니 하는 것은 십육세기에서나 찾아볼 일일세, 단연 문門안으로 나오도록 마음을 돌리게."

나한테 하는 권고는 아니었으나 이 말에 귀틈이 뚫려 상푸등 그러리라고 생각하였다. 비단 여기만이 아니라 인간을 떠나서 도를 닦는다는 것이 한낱 오락이오, 오락이매 생활이 될 수 없고 생활이 없으매 이 또한 죽은 공부가 아니랴. 공부도 생활화하여야 되리라 생각하고 불일내에 문門 안으로 들어가기를 내심으로 단정해 버렸다. 그뒤 매일같이 이 자국을 밟게 된 것이다.

나만 일직이 아침거리의 새로운 감촉을 맛볼줄만 알았더니 벌써 많은 사람들의 발자국에 포도는 어수선할대로 어수선했고 정류장에 머물 때마다 이 많은 무리를 죄다 어디 갖다 터뜨릴 심산인지 꾸역꾸역 자꾸 박아 싣는데 늙은이 젊은이 아이 할 것 없이 손에 꾸러미를 안든 사람은 없다. 이것이 그들 생활의 꾸러미요, 동시에 권태의 꾸러민지도 모르겠다.

이 꾸러미를 든 사람들의 얼굴을 하나하나씩 뜯어 보기

로 한다. 늙은이 얼굴이란 너무 오래 세파에 찌들어서 문제도 안되겠거니와 그 젊은이들 낯짝이란 도무지 말씀이 아니다. 열이면 열이 다 우수 그것이오 백이면 백이 다 비참 그것이다. 이들에게 웃음이란 가믐에 콩싹이다. 필경 귀여우리라는 아이들의 얼굴을 보는 수밖에 없는데 아이들의 얼굴이란 너무나 창백하다. 혹시 숙제를 못해서 선생한테 꾸지람들을 것이 걱정인지 풀이 죽어 쭈그러뜨린 것이 활기란 도무지 찾아볼 수 없다. 내 상도 필연코 그 꼴일텐데 내 눈으로 보지 못하는 것이 다행이다. 만일 다른 사람의 얼굴을 보듯 그렇게 자주 내 얼굴을 대한다고 할 것 같으면 벌써 요사夭死하였을런지도 모른다.

나는 내 눈을 의심하기로 하고 단념하자!

차라리 성벽 우에 펼친 하늘을 쳐다보는 편이 더 통쾌하다. 눈은 하늘과 성벽 경계선을 따라 자꾸 달리는 것인데 이 성벽이란 현대로서 캄푸라지한 옛 금성禁城이다. 이 안에서 어떤 일이 이루어졌으며 어떤 일이 행하여지고 있는지 성밖에서 살아왔고 살고 있는 우리들에게는 알바가 없다. 이제 다만 한가닥 희망은 생각이 끊어지는 곳이다.

기대는 언제나 크게 가질 것이 못되어서 성벽이 끊어지는 곳에 총독부, 도청, 무슨 참고관, 체신국, 신문사, 소방조 무슨 주식회사, 부청, 양복점, 고물상 등 나란히 하고 연달아 오다가 아이스케이크 간판에 눈이 잠간 머무는데 이놈을 눈 나린 겨울에 빈집을 지키는 꼴이라든가 제 신분에 맞지 않는 가게를 지키는 꼴을 살작 필림에 올리어 본달 것 같으면 한폭의 고등 풍자만화가 될터인데 하고 나는 눈을 감고 생각하기로 한다. 사실 요지음 아이스케이크 간판은 정열에 불타는 염서가 진정코 아수롭다.

눈을 감고 한참 생각하느라면 한가지 꺼리끼는 것이 있는데 이것은 도덕률이란 거치장스러운 의무감이다. 젊은 녀석이 눈을 딱 감고 버티고 앉아 있다고 손구락질하는 것 같아야 번쩍 눈을 떠 본다. 하나 가차이 자선할 대상이 없음에 자리를 잃지 않겠다는 심정보다 오히려 아니꼽게 본 사람이 없으리란데 안심이 된다.

이것은 과단성 있는 동무의 주장이지만 전차에서 만난 사람은 원수요, 기차에서 만난 사람은 지기라는 것이다. 따는 그러리라고 얼마큼 수긍하였었다. 한자리에서 몸을 비비적거리면서도 "오늘은 좋은 날세올시다", "어디서 내리시나요" 쯤의 인사는 주고 받을 법한데 일언반구 없이 뚱—한 꼴들이 자키나 큰 원수를 맺고 지나는 사이들 같다. 만일 상냥한 사람이 있어 요만큼의 예의를 밟는다고 할 것 같으면 전차 속의 사람들은 이를 정신이상자로 대접할게다. 그러나 기차 속의 사람들은 그렇지 않다. 명함을 서로 바꾸고 고향 이야기, 행방 이야기를 거리낌없이 주고 받고 심지어 남의 려로를 자기의 려로인 것처럼 걱정하고, 이 얼마나 다정한 인생행로냐?

이러는 사이에 남대문을 지나쳤다. 누가 있어 "자네 매일

같이 남대문을 두 번씩 지날터인데 그래 늘 보군 하는가"
라는 어리석은 듯한 멘탈 테스트를 낸다면 나는 아연해지
지 않을 수 없다. 가만히 기억을 더듬어 본달 것 같으면 늘
이 아니라 이 자국을 밟은 이래 그 모습을 한번이라도 쳐다
본 적이 있었든 것 같지 않다. 하기는 나의 생활에 긴한 일
이 아니매 당연한 일일게다. 하나 여기에 하나의 교훈이 있
다. 회수回數가 너무 잦으면 모든 것이 피상적이 되어 버리나
니라.

  이것과는 관련이 먼 이야기 같으나 무료한 시간을 까기 위
하야 한마디 하면서 지나가자.

  시골서는 제노라고 하는 양반이었든 모양인데 처음 서울
구경을 하고 돌아가서 며칠동안 배운 서울 말씨를 서뿔리
써가며 서울거리를 손으로 형용하고 말로서 떠벌려 옮겨 놓
드란데, 정거장에 턱 나리니 앞에 고색이 창연한 남대문이
반기는 듯 가로 막혀 있고, 총독부 집이 크고 창경원에 백
가지 금수가 봄즉했고, 덕수궁의 옛 궁전이 회포를 자아냈
고, 화신 승강기는 머리가 힝 — 했고, 본정엔 전등이 낮처
럼 밝은데 사람이 물밀리듯 밀리고 전차란 놈이 윙윙 소리
를 지르며 지르며 연달아 달리고 — 서울이 자기 하나를 위
하야 이루어진 것처럼 우쭐했는데 이것쯤은 있을듯한 일이
다. 헌데 게도 방정꾸러기가 있어

"남대문이란 현판이 참 명필이지요"

  하고 물으니 대답이 걸작이다.

"암 명필이구 말구 南자 大자 門자 하나하나 살아서 막 꿈틀거리는 것 같데"

어느 모로나 서울 자랑하려는 이 양반으로서는 가당한 대답일게다. 이분에게 아현동 고개 막바지에, ─ 아니 치벽한데 말고, ─ 가차이 종로 뒷골목에 무엇이 있는가를 물었다면 얼마나 당황해 했으랴.

나는 종점을 시점으로 바꾼다.

내가 내린 곳이 나의 종점이오. 내가 타는 곳이 나의 시점이 되는 까닭이다. 이 짧은 순간 많은 사람들 속에 나를 묻는 것인데 나는 이네들에게 너무나 피상적이 된다. 나의 휴머니티를 이네들에게 발휘해낸다는 재주가 없다. 이네들의 기쁨과 슬픔과 아픈데를 나로서는 측량한다는 수가 없는 까닭이다. 너무 막연하다. 사람이란 회수가 잦은데와 양이 많은데는 너무나 쉽게 피상적이 되나 보다. 그럴수록 자기 하나 간수하기에 분주하나 보다.

시그날을 밟고 기차는 왱 ─ 떠난다. 고향으로 향한 차도 아니건만 공연히 가슴은 설렌다. 우리 기차는 느릿느릿 가다 숨차면 가假정거장에서도 선다. 매일같이 웬 여자들이 주룽주룽 서 있다.

제마다 꾸러미를 안었는데 례의 그 꾸러민듯 싶다. 다들 방년된 아가씨들인데 몸매로 보아하니 공장으로 가는 직공들은 아닌 모양이다. 얌전히들 서서 기차를 기다리는 모양이다. 판단을 기다리는 모양이다. 하나 경망스럽게 유리창을 통하여 미인 판단을 나려서는 안 된다. 피상적 법칙이 여기에도 적용될지 모른다. 투명한 듯하여 믿지 못할 것이 충리다. 얼굴을 찌깨논 듯이 한다든가 이마를 좁다랗게 한다든가 코를 말코로 만든다든가 턱을 조개 턱으로 만든다든가 하는 악희惡戱를 유리창이 때때로 감행하는 까닭이다. 판단을 내리는 자에게는 별반 이해관계가 없다 손치더라도 판단을 받는 당자에게 오려든 행운이 도망갈런지를 누가 보장할소냐. 여하간 아무리 투명한 꺼풀일지라도 깨끗이 벳겨바리는 것이 마땅할 것이다.

이윽고 턴넬이 입을 벌리고 기다리는데 거리 한가운데 지하철도도 아닌 턴넬이 있다는 것이 얼마나 슬픈 일이냐. 이 턴넬이란 인류 역사의 암흑시대요 인생 행로의 고민상이다. 공연히 바퀴소리만 요란하다. 구역날 악질의 연기가 스며든다. 하나 미구에 우리에게 광명의 천지가 있다.

턴넬을 벗어났을 때 요지음 복선複線공사에 분주한 노동자들을 볼 수 있다. 아침 첫 차에 나갔을 때에도 일하고 저녁 늦차에 들어 올 때에도 그네들은 그대로 일하는데 언제 시작하야 언제 그치는지 나로서는 헤아릴 수 없다. 이네들이야말로 건설의 사도들이다. 땀과 피를 아끼지 않는다.

그 육중한 도락구를 밀면서도 마음만은 요원한데 있어 도락구 판장에다 서투른 글씨로 신경행新京行이니 북경행北京行이니 남경행南京行이니 라고 써서 타고 다니는 것이 아니라 밀고 다닌다. 그네들의 마음을 볼 수 있다. 그것이 고력에 위안이 안 된다고 누가 주장하랴.

이제 나는 곧 종시를 바꿔야 한다. 하나 내 차에도 신경행, 북경행, 남경행을 달고 싶다. 세계일주행이라고 달고 싶다. 아니 그보다도 진정한 내 고향이 있다면 고향행을 달겠다. 도착하여야 할 시대의 정거장이 있다면 더 좋다.

尹東柱

윤동주의 생애와 시

1

윤동주가 시를 썼던 시대인 1936~1943년은 온 인류가 시를 외면한 시대였다. 그가 릴케와 프랑시스 잠을 노래했을 때는 포연砲煙이 장미의 향기를 쫓고 나귀등에다 탄환을 운반하던 때였다. 그가 즐겨 바라보던 하늘과 바람과 별의 허공엔 공습 경보가 요란하게 울리던 시절이었다.

인간의 역사 중 사람의 생명이 가장 값싸게 거래되었던 시대였고, 자유·평등·박애가 군국주의의 넝마주이 집게에 집혀서 오물처리장으로 실려 가던 때였다. 철학자에게는 복종의 철학이 강요되고, 음악인에겐 군가 작곡이 명령되며, 시인에게는 원고지와 펜으로 탄환을 만들 것을 강요하던 시대였다.

이 시대엔 고향을 애절하게 그리워하는 것만으로도 죄가 성립되었고, 친한 벗들과 어울려 술을 마시는 것까지도 감시를 받았다. 하물며 창씨 개명創氏改名도 하지 않은 '순이'에 대한 추억이나 '흰 옷'과 '살구나무'와 '희망의 봄'이야 영락없는 불온不穩이었다.

1940년 전후—지구는 군가와 화약 냄새로 가득 차서 모든 약소 민족은 게슬러 총독 아래서의 윌리암 텔처럼 두 개의 화살을 가지고 사과를 겨누고 있었다. 1876년 이후 유럽 열강과 미국은 매년 24만 평방 마일의 땅을 얻어왔다. 그 결과 1914년에 이르자 지구상엔 거의 모든 약소 민족이 어느 강대국의 한 식민지로 변하고 말았으며, 이것은 1940년대까지 계속되었다.

그래서 이 시대의 문학은 본의든 아니든 식민 종주국의 이익을 옹호하든가 아니면 민족 독립운동을 돕든가 둘 중 하나에 봉사하게 된다는 양자 택일의 갈림길에 서야만 했다.

한국 문학사는 이 시대를 '암흑기'로 말한다. 시와 소설의 발행고가 가장 낮은 시대였을 뿐만 아니라 그 질적인 면에서도 예술적 여과를 거치지 못했으며, 더욱 안타까운 것은 그나마도 식민 종주국의 이익에 보탬을 준 것이 많아서, 암흑기란 시대적 명칭이 자연스럽게 사용되어 왔다.

시인 윤동주는 바로 이런 암흑기의 몇몇 유성 중 뛰어난 시인의 하나이다. 이 시대에 우리는 어학자 이윤재李允宰와 시인 이육사李陸史 그리고 윤동주를 함흥과 북경과 후쿠오카福岡의 옥중에서 잃었다.

고문·영양실조·동상 그리고 정신적 고뇌 등으로 일관된 하루하루의 옥중生活을 윤동주도 1943년 7월, 체포 이후 1945년 2월 16일, 죽는 날까지 반복했을 것이다.

이 시인의 동생 윤일주의 기록에 따르면 1944년 6월 이후 월 1매의 엽서 쓰기가 허락되었다고 하는데, 아마 이때가 형刑이 확정된 때로, 그 이전엔 모든 외부와의 연락이나 독서가 금지되었을 가능성이 있다.

그 후 주사를 맞았다고 하는데, 그 내용물은 아직도 상상에 맡길 수밖에 없으며, 최후의 순간에 큰소리를 치며 죽었다는 간수의 증언도 그 내용은 알 수가 없다. 이 모국어의 순수 시인이 우리말로 고함 지르고 죽은 심정이야 이해가 가지만 왜 간수에게 일어로 한마디를 남기지 않았을까!

2

흔히들 시인 윤동주를 저항시인이라 부른다.

원래 저항이란 순수예술의 한 속성이 된다. 일반적으로 저항예술과 순수예술을 이원론二元論적으로 분리시키는 경향이 최근 우리 문단을 지배하고 있는데, 예술이란 그 순수성 자체가 가장 강력한 저항임을 수긍해야 될 것이다.

예술적 창조란 말할 필요도 없이 개성의 표현이다. 이 '개성'이란 곧 타아他我와의 조화와 갈등을 동시에 지닌 것으로 이는 바로 '자기 개성'의 모든 반대자에 대한 조화를 위한 저항이 되는 것이며, 이것이 순수예술의 본질이 된다.

따라서 저항은 고대 원시예술의 시발점부터 순수예술이 지닌 한 속성이 되어 왔다. 즉 자연에 대한 저항을 나타낸 동굴의 벽화로부터 종교에 대한 저항을 표현한 르네상스 시대, 이어 권력과 사회에 대한 근대적 예술과 비인간화해 가는 과학에 대한 저항을 보여주는 현대예술로 면면히 이어져 오고 있음을 우리는 본다.

이런 세계사적 보편성으로서의 저항의 문학이 1940년대 암흑기의 한국에서도 독특한 양상으로 나타났으며, 그 중 윤동주도 큰 비중을 차지한다.

위에서 본 저항문학의 주제에 의한 분류와는 달리 이를 문학인의 기능이나 대對사회적 자세에 따라 나누어 보면 다음 세 가지 형태를 보게 된다.

첫째는 문학인 자신이 단체나 결사 등에 직접 가담하는 경우로, 이때 그 문학인의 작품은 오히려 매우 서정적일 수도 있다.

둘째는 일시적인 의무나 지원 세력으로 어떤 단체나 운동에 뛰어든 경우가 있다.

마지막 셋째는 직접 운동권에 가담하거나 지원하지는 않으면서도 순수한 문학작품으로 정서적인 저항을 시도하는 예가 있다.

이런 세 가지 형태의 저항적 자세는 세계 문학사에서 얼마든지 그 예를 찾아볼 수 있다. 우리의 짧은 문학사에서도 첫번째에 해당하는 예로는 이육사를 들 수 있는데, 그는 지하운동에 참여하고 있으면서도 지극히 서정적인 작품을 남긴 좋은 본보기가 된다. 두 번째의 경우는 이상화·한용운이 항일운동에 참여한 것 등을 들 수 있다. 마지막 세 번째는 바로 윤동주나 김소월과 같은 시인으로, 자칫하면 이런 시인에 대한 저항의 의지를 묵과해 버릴 수도 있을 만큼 그 작품은 깊은 서정과 민족 정서에 뿌리를 박고 있다.

그래서 오늘의 우리는 윤동주에게 왜 윤봉길이나 안중근처럼 되지 못하고, 아니 하다못해 이육사처럼 비밀결사에라도 참여하지 못했느냐는 추궁은 할 수 없으며, 이런 시가 지닌 진정한 가치를 재음미·평가하는 겸허한 자세를 가져야 할 것이다.

왜냐하면 옥사獄死 그 자체가 윤동주의 시문학 전체를 대변해 주는 것으로, 그의 순수한 시가 곧 역사적 저항의지의 표현으로서 충분한 가치를 지니고 있기 때문이다. 그래서 마치 인류사에서 가장 혹독했던 짜르 치하에서 가장 찬연했던 러시아 문학이 창조되었듯이, 1940년대의 혹독한 식민통치 아래서 우리의 순수 저항시는 태어났던 것이다.

이런 시대를 배경으로 이루어진 저항시는 진정한 영혼의 고통을 겪는 사람만이 아는 순수한 고뇌의 절규가 스며 있으며, 그 끝간 데 모를 고뇌의 깊이 속에 '순수 저항시'의 참된 가치가 스며 있다. 이런 시는 누구를 선동하지는 않으나 감명을 주며, 울리지는 않으나 가슴을 찌르며, 취하지는 않으나 각성제覺醒劑가 된다.

윤동주의 저항시도 바로 이런 각도에서 파악되어야 한다. 그것은 인간이 원하는 삶의 최소공약수를 빼앗긴 시대를 배경으로 나온 것이었다.

따라서 혁명이니, 평등이니, 자유니 하는 어마어마한 이상들은 내일의 시인에게 남겨 두고서 그는 오직 하나의 평범한 약소 민족의 생활인으로서 열심히 살고자 했을 뿐이었다.

이 평범한 꿈——"죽는 날까지 하늘을 우러러 한점 부끄럼이 없기를" 바라며, 별과 어머니와 소녀와 서정 시인을 그리며 살고자 하는 꿈이 허락되지 않았을 때 그는 하는 수 없이 저항시인으로 전환할 수 밖에 없었을 것이다.

그럼 윤동주의 이런 순수한 약소 민족의 서정적인 삶의 추구 자세는 어디서 비롯된 것일까. 가장 쉬운 해답을 우리는 멀리 북간도에서 찾을 수 있다.

1886년, 증조부 때부터 북간도로 이주해 간 윤동주는 그 짧은 생애 중 모국이라고는 학창시절 4~5년 정도밖에 있어 보지 못한 영원한 방랑자였다.

새봄이 다 가도록
기별조차 없는 님
가을밤 옹신까지
또 어찌 참을래요
두만강 눈 얼음은
다 풀리어 간다는데
새봄은 아니오라
열세 봄 넘어와도
못참을 나랴마는
가신 님 날 잊을까
강남의 연자들은
제집 찾아 다 왔는데

기온의 차이가 극심한 대륙, 근대 이후 배일排日 사상의
온상지였던 땅, 일본력日本歷이 아닌 단군 기원력을 공공연
히 사용하며 헌옷을 입고 추위에 동포들이 떨며 청국인淸國
人 지주와 일본 군인들에게 이중으로 혹사당하던 원한과 설
움과 서정과 꿈과 웅지의 옛 땅—'총독부 문서 1912년 청국
국경 부근 관계 사건철'에는 간도로의 조선인 이주 원인을
이렇게 분석하고 있다. 토지가 비옥해서 생활난을 타개하기
위하여 가는 것, 항일 및 망명 이주, 기독교 연구 전파 등등.

할아버지 때부터 기독교를 믿었다고 전하는 윤동주는 이
런 독특한 환경 속에서 민족 고유의 순수한 정서를 그리워
하면서 자라났을 것이며, 특히 문학 청년 시절에 백석白石의
〈사슴〉을 통하여 한민족의 서정을 익혔기 때문에 나중 일본
에 가서도 민족 정서를 잊을 수 없었으리라.

3

이처럼 행동적 저항보다 순수한 민족 정서로서의 저항을
시도했던 시인인 윤동주는 시를 통하여, ①조국 만가輓歌와
조국 부재 의식, ②민족적 피해의식, ③민족적 저항의식을
표현하고 있다.

그러나 굳이 따진다면 이 세 가지는 다 민족적인 정서의
순수 저항으로, 독립이나 조국에 대한 열망에까지 확대 해

석된다고 보아야 할 것이다.

　바람이 부는데
　내 괴로움에는 이유가 없다.
　내 괴로움에는 이유가 없을까

　단 한 여자를 사랑한 일도 없다.
　시대를 슬퍼한 일도 없다.

('바람이 불어'에서)

　나는 아무 걱정도 없이
　가을 속의 별들을 다 헤일 듯합니다.

('별 헤는 밤'에서)

　위의 인용에서처럼 시인 윤동주는 '시대를 슬퍼한 일도' 없고 '아무 걱정도 없이' 가을 하늘의 별을 헤일 수 있는 약소 민족의 이방인의 한 민감한 청년으로 살았다. 따라서 그의 시를 너무 도식적으로 해석하여 '흰 옷'은 민족의 저항을, '봄'은 해방을 상징한다는 식의 풀이는 버려야 할 것이다. 이런 단견적인 비평은 자칫하면 우리의 민족이 지닌 보다 근원적인 정서의 저항성을 속류화俗流化시킬 소지가 없지 않다. 따라서 윤동주가 지닌 시 세계에서의 저항의식은 대충 다음과 같은 내용으로 나누어 볼 수 있다.

첫째, 북간도 이주민의 윤택하지 못한 생활 정서를 노래함으로써 우리 민족 정서의 한 영역을 확보해 주었다. 시계도 없는데 애기가 울어서 새벽을 안다는 '애기의 새벽'이나, 장에 가는 엄마를 내다보려고 손가락에 침을 발라 문을 쏘옥 쏘옥 뚫는 '햇빛·바람' 등은 평범하면서도 우리 민족이 가지고 있는 소년적 정서를 잘 전해 주고 있다.

또 프랑시스 잠의 영향을 많이 받은 당나귀와 시골 풍경의 차분한 묘사는 북간도의 추위를 녹여 주는 가작들이다.

특히 이와 같은 생활적인 서정시 속에서 우리가 높이 평가해야 될 점은 그의 시 속에는 감상적인 요소는 있어도 궁극적으로는 허무주의가 아닌, 생에 대한 애정과 긍정적 자세가 스며 있다는 사실이다. 이런 소년적인 정서의 탈을 벗고 보다 민족적 정서의 원천적인 시로서 저항의 세계로 돌입하는 모습이 다음에 나타난다.

한 번도 손들어 보지 못한 나를
손 들어 표할 하늘도 없는 나를

('무서운 시간'에서)

이런 자괴自愧와 겸허 속에서 이 시인은 민족의 슬픔을 깊숙이 맛보며 현실과의 대결에서도 항상 자성自省의 자세를 잃지 않는다. 그래서,

인생은 살기 어렵다는데
시가 이렇게 쉽게 씌어지는 것은
부끄러운 일이다.

('쉽게 씌어진 시'에서)

라고 하면서도, '시대처럼 올 아침을 기다리는' 자세로 '나팔소리 들려 올' 새벽과 '목아지를 드리우고/꽃처럼 피어나는 피를/어두워 가는 하늘 밑에/조용히' 흘릴 날을 기다리면서 지조 높은 개가 어둠을 짖는 소리를 들으며 짧은 생을 끝냈다.

이처럼 동주의 시는 간도로 간 조선인의 정서와 식민지 조선인의 서정을 노래한 것으로, 그 저항의식을 나타냈다. 그의 저항시가 가진 특징 중 우리가 지적하고 넘어가야 할 것은 기독교와 관련을 갖고 있으면서도 이를 크게 노출시키지 않았다는 점과, 복고주의적인 정서가 없다는 사실이다.

그 당시 기독교는 물론 우리나라 민족의 저항세력에 도움을 주기는 했으나 근본적으로는 민족적 전통의 정서와 많은 갈등을 겪어 왔는데, 윤동주는 이를 극복하여 종교보다 민족정서를 우위에 둔 훌륭한 시인이었다.

또 복고주의 역시 간도로 이민간 사람들 속엔 상당히 간직되었고 당시의 군국주의적 식민지 치하에서도 공공연히 자행되었건만, 이를 극복하고 새 시대의 민족적 정서를 노래해 주었다. 그러기에 윤동주의 시가 오늘의 독자에게도 신선감을 줄 수 있는 것이 아닐까.

4

　그렇다면 윤동주의 시와 그의 저항은 우리 문학사에서 어떤 위치에 서게 될까.

　위에서 본 것처럼 그는 저항의 자세 중 순수한 서정적 작품으로 저항을 시도한 이른바 예술적 저항의 시인으로서 한 표본을 이룬다.

　이런 계열에 속하는 다른 시인으로는 김소월을 들 수 있는데, 윤동주는 소월에 비하면 보다 진한 저항의 체취가 묻어 나온다. 다만 민족적 공동운명체로서의 정서는 소월이 단연 으뜸이다.

　원래 예술에서의 저항이 전염력 면에서 강해지기 위해서는 서정성을 지녀야 되는 것이다. 흔히들 전투적 선동성을 저항문학의 제일로 삼는 예가 있으나, 대중적 내지 민중적 저항의 유발엔 짙은 서정이 더 강력한 호소력을 지닌다.

　코자크 부대가 폴란드를 침략했을 때 쇼팽의 피아노를 박살내어 땔감으로 쓴 것은 가냘픈 그의 음악이, 그 환상적이고 아름다우며 서정적인 선율이 어느 독립군가보다도, 폴란드인에게 강력히 애국심을 호소했기 때문이었다.

　윤동주가 오늘의 독자에게 깊은 감동과 호소력을 줄 수 있는 이유가 바로 그의 서정성에 있다는 사실은 오늘의 민중시가 나아가야 할 방향 설정에 많은 암시를 준다고 하겠다.

임헌영(문학평론가)

윤동주 연보

1917년   만주 북간도 명동촌에서 아버지 윤영석尹
                永錫, 어머니 김용金龍의 맏아들로 태어남.
                아명은 해환海煥.

1925년   명동 소학교에 입학.

1929년   송몽규宋夢奎 등 급우와 함께 《새 명동》이
                란 신문 형식의 등사판 문예지를 만들어
                동요·동시 등 발표.

1931년   3월, 명동 소학교를 졸업하고 대랍자大拉子
                의 중국인학교에 1년간 다님.

1932년   4월, 용정龍井의 은진恩眞중학교에 입학, 교
                내 잡지·스포츠·웅변 등 다방면으로 활동.
                가족이 용정으로 이사.

1935년   봄, 평양 숭실崇實중학교로 전입학, 기숙사
                에 기거하며 독서와 시작詩作에 몰두함.

1936년   봄, 숭실중학이 신사참배神社參拜 거부 사건
                으로 폐교되자 용정의 광명학원光明學園 중
                학부 4학년에 전입학. 북간도 연길延吉에서

발행하던 《카톨릭 소년》지에 용주龍舟라는
필명으로 〈병아리〉, 〈빗자루〉 등 동요·동시
발표.

1937년   같은 곳에 〈오줌싸개 지도〉, 〈무얼 먹고 사
나〉, 〈거짓부리〉 발표.

1938년   2월, 광명학원 중학부 5학년 졸업. 4월에
고종姑從인 송몽규와 함께 서울 연희전문학
교延禧專門學校 문과에 입학.

1939년   산문 〈달을 쏘다〉를 조선일보 학생란에, 동
요 〈산울림〉을 《소년》지에 발표.

1941년   연희전문학교 문과 발행인 《문우文友》지에
〈자화상〉, 〈새로운 길〉 발표. 12월에 연희전
문학교 문과 졸업. 19편으로 된 자선시집自
選詩集《하늘과 바람과 별과 시》를 졸업 기
념으로 출간하려 했으나 뜻을 이루지 못함.

1942년   일본 도쿄의 릿쿄[立敎] 대학 영문과 입학.
여름방학 때 마지막으로 고향 용정에 다녀
감. 가을에 교토[京都] 도시샤[同志社] 대학
영문과에 편입학. 릿쿄 대학 시절의 시 5편
이 마지막 작품이 됨.

1943년   7월, 귀국하기 직전에 교토 제국대학에 재
학중이던 송몽규와 독립운동 혐의로 일본
경찰에 체포되어 가모가와[鴨川] 경찰서에

구금됨.

1944년	6월, 교토 지방재판소에서 독립운동 죄명으로 2년형을 언도받고 송몽규와 함께 규슈〔九州〕의 후쿠오카〔福岡〕 형무소에 투옥됨.
1945년	2월 16일, 위의 형무소에서 옥사함(3월 10일, 송몽규 옥사). 3월 초에 고향 용정의 동산東山에 묻힘.
1946년	가을, 유작遺作 〈쉽게 씌어진 시〉가 경향신문에 발표됨.
1947년	2월 16일, 서울 플로워 회관에서 추도회 열림.
1948년	1월, 유고시집遺稿詩集《하늘과 바람과 별과 시》(31편 수록)가 정음사에서 간행됨.
1955년	2월, 10주기 기념으로 유고시집《하늘과 바람과 별과 시》를 정음사에서 간행함.
1968년	11월, 연세대학교에 동생인 윤일주 씨의 설계로 '윤동주 시비'가 세워짐.

윤동주 시집

개정판 1쇄 발행 | 2011년 8월 20일
개정판 8쇄 발행 | 2023년 6월 10일

지은이 | 윤동주
그린이 | 윤재준
펴낸이 | 윤형두
펴낸곳 | 종합출판 범우(주)

등록번호 | 제406-2004-000012호(2004년 1월 6일)
(10881) 경기도 파주시 광인사길 9-13 (문발동)
대표전화 | 031-955-6900, 팩 스 | 031-955-6905

홈페이지 | www.bumwoosa.co.kr
이메일 | bumwoosa1966@naver.com

ISBN 978-89-6365-055-5 03810